This Home We Have Made
Esta Casa Que Hemos Hecho

ANNA HAMMOND ✳ JOE MATUNIS

Translated from the English by Olga Karman Mendell
Traducción al español por Olga Karman Mendell

CROWN PUBLISHERS, INC. ✳ *New York*

To children everywhere,
that the adults of their world
may have the courage and vision
to tend to their needs—
material and spiritual.

A.H.
J.M.

A todos los niños del mundo,
que los adultos tengan
el valor y la visión
de atender a sus necesidades
materiales y espirituales.
A.H.
J.M.

Text copyright © 1993 by Anna Hammond and Joseph Matunis
Art copyright © 1991 by CityArts, Inc.
All rights reserved. No part of this book may be
reproduced or transmitted in any form or by any
means, electronic or mechanical, including
photocopying, recording, or by any information
storage and retrieval system, without permission
in writing from the publisher.
Published by Crown Publishers, Inc., a Random
House company, 225 Park Avenue South,
New York, New York 10003
CROWN is a trademark of Crown Publishers, Inc.
Photography by Patricia Layman Bazelon, assisted by Justin Van Soest.
Manufactured in Hong Kong
Library of Congress Cataloging-in-Publication Data
Hammond, Anna.
This home we have made = Esta casa que hemos hecho / Anna Hammond,
Joe Matunis ; translated from the English by Olga Karman Mendell.
p.   cm.
Summary: One night a homeless child joins a magical parade in
hopes of finding a home of her own. Inspired by a mural in New York
City painted largely by formerly homeless children.
ISBN: 0-517-59339-4
[1. Homeless persons—Fiction. 2. Spanish language materials—
Bilingual.] I. Matunis, Joe. II. Title. III. Title: Esta casa
que hemos hecho.
PZ73.H28 1993
[E]—dc20   92-28954
10 9 8 7 6 5 4 3 2 1   First Edition

One night, while my mother and brother were asleep under a stairway, I crept out to look at the stars. The stars always made me feel better. I didn't have a home like the other kids. But at least I was close to the stars.

Una noche, mientras mi mamá y mi hermano dormían en el hueco de la escalera de un edificio, salí sin hacer ruido a mirar las estrellas. Las estrellas siempre me hacían sentirme mejor. Yo no tenía casa, como los otros niños. Pero por lo menos era amiga de las estrellas.

Suddenly I heard the wheels of a wagon on the street and a voice calling out to me: "Hey, what are you doing there?" I turned and saw a man driving a cart with a building on it—the kind of building I'd always wanted to live in. Maybe he had dropped out of the sky, out of one of the stars. I don't know. But one thing's for sure—I'd never seen him before. And I'd certainly never seen anything like the green animal pulling the cart.

"Climb up and join our building parade," said two children sitting next to the man. I didn't know what a "building parade" was, but it looked exciting and they all looked so hopeful. I decided to go along.

De pronto, oí las ruedas de un carretón que iba por la calle y una voz que me llamaba diciendo:

—Oye, ¿qué haces ahí?

Me volví y vi a un hombre que iba conduciendo un carretón. En el carretón llevaba un edificio como el edificio donde yo siempre quería vivir. A lo mejor ese hombre había caído del cielo, de una de esas estrellas, yo no sé. Pero de una cosa estaba segura, yo nunca lo había visto antes. Ni tampoco había visto nunca nada parecido a ese animal verde que tiraba del carretón.

—Súbete al carretón. Ven. Únete a nuestro desfile de edificios —dijeron dos niños que estaban sentados al lado del hombre.

Yo no sabía qué era un "desfile de edificios," pero parecía emocionante, y todos ellos se veían tan llenos de esperanza. Decidí irme con ellos.

In the shadow of the wagon, an eerie, green-faced man danced and twirled in the moonlight. Even though he was a little scary, I liked him. He made me feel as if something big was about to happen.

A la sombra del carretón un hombre raro de cara verde bailaba y daba vueltas y vueltas a la luz de la luna. Aunque daba un poquito de miedo, así y todo me encantó. Hizo que me sintiera como si algo importante estuviera a punto de ocurrir.

As we went along, I saw some shadows dancing playfully against the side of a building. They looked like people playing musical instruments, yet I heard no sound.

Al seguir nuestro camino vi unas sombras juguetonas que bailaban y bailaban contra la pared de un edificio. Parecían gente tocando instrumentos musicales. Sin embargo, yo no oía ningún sonido.

But as the shadows disappeared, I saw a whole crowd of animals—a big owl, a cockroach playing a guitar, a bulbous cat, a cockscombed saxophonist . . . even a caterpillar wearing a crown! They were leading the parade and making loud music.

Pero cuando las sombras comenzaron a desaparecer vi un montón de animales: una lechuza grande, una cucaracha que tocaba una guitarra, un gato bulboso, un animal con cresta de gallo que tocaba un saxofón . . . ¡Vi hasta una oruga que llevaba puesta una corona! Iban todos al frente del desfile tocando una música muy ruidosa.

Above the racket I heard the cockroach singing a song. I found myself joining in, as if I already knew the tune:

> *If I could find a place to stay,*
> *I wouldn't dance around this way.*
> *I'd just settle myself right down . . .*

Por encima de la bulla oí a la cucaracha cantando una canción. Y yo me puse a cantar con ella, como si ya me supiera la melodía:

> *Si pudiera encontrar*
> *un lugar donde estar,*
> *no me verías*
> *bailar y bailar.*
> *Me quedaría tranquilita*
> *en ese lugar . . .*

I was still humming it when a fat red tree floated by. A crimson bird was watching over a baby sleeping in another tree. He looked so peaceful, too young to know he had no home. He didn't even seem to hear the passing parade.

Todavía estaba yo tarareando la canción cuando pasó flotando un gran árbol rojo. Un pájaro color carmesí velaba el sueño de un bebé que dormía en otro árbol. Qué tranquilo parecía, demasiado pequeñito para darse cuenta de que no tenía casa. Ni siquiera parecía oír el desfile que pasaba.

We moved on and soon came to a busy neighborhood. I looked up onto the rooftops and saw three horn players, a man with a drum, and someone with cymbals.

A little farther on was a boy reading a book and a woman playing a horn.

Seguimos andando y muy pronto llegamos a un barrio muy animado. Miré hacia los tejados y allí vi a tres músicos tocando cornetas, a un hombre con un tambor y a alguien que tenía unos címbalos.

Un poquito más adelante, un niño estaba leyendo un libro y una mujer estaba tocando una corneta.

Next door was a little girl like me being hugged by her mother. And down below, a boy was helping his friend. I wondered, why didn't I have a building of my own as they did? I felt angry and sad.

But just then I heard a clickety-clack and turned to see a clown striding along on stilt legs. Way above his head he carried a box as if it were a prize. As he reached up toward the rooftops, I saw that the box was the building we had been carrying on the cart. Maybe it was meant as a home for me and the other children in the parade!

En el techo de al lado había una niñita como yo. Su mamá le estaba dando un abrazo. Y más abajo un niño estaba ayudando a una amiguita. Yo me pregunté, ¿por qué no tenía yo mi edificio propio? Me dio rabia y tristeza a la vez.

En ese mismo momento oí un clic-clac. Me volví y vi que pasaba un payaso. Andaba en zancos dando pasos muy largos. Por encima de su cabeza llevaba una caja muy en alto como si fuera un premio.

Cuando estiró los brazos hacia los tejados, pude ver que la caja era ese mismo edificio que habíamos estado llevando en el carretón. ¡A lo mejor era un hogar para mí y para los otros niños del desfile!

The clown passed the building to a person way up in the air. She looked like my mother, but she was dressed all in green.

She passed the building to another person, also dressed in green, and then to another, and another. They each had many arms. They were working very hard.

El payaso le pasó el edificio a una persona que estaba allá arriba en el aire. Se parecía a mi mamá, pero estaba toda vestida de verde.

Ella le pasó el edificio a otra persona, que también estaba vestida de verde, y ésa se lo pasó a otra, y aquélla se lo pasó a otra más, y a otra, y a otra. Todas tenían muchos brazos. Todas estaban trabajando mucho.

It was morning now. The sky was pinkish blue, and the stars had faded into the wings of angels. Two angels were waiting for the building—our building. The last person handed it to one of them, and she tucked it safely into a snowy globe held in her right hand.

Inside the globe, the building started to take shape. Now it had an awning, and in the windows you could see color and movement. Something was starting to happen.

Se hizo de día. El cielo tenía un color azul rosado y las estrellas habían desaparecido en las alas de los ángeles. Dos ángeles estaban esperando al edificio, a nuestro edificio. La última persona se lo entregó a uno de los ángeles, quien lo guardó en un globo de cristal lleno de nieve que llevaba en la mano derecha.

Dentro del globo de cristal empezó a verse clarito el edificio. De pronto ya tenía toldo, y por las ventanas se podía ver que empezaba a haber colores y movimiento. Algo estaba sucediendo.

The angels spoke:
This is your home,
You have carried it far.
Many have helped,
You know who you are.
Take it and place it
Right here on the ground.

Los ángeles hablaron:
Esta casa es de ustedes,
de muy lejos la han traído.
Muchos son los que ayudaron,
ustedes saben quiénes son.
Tómenla y colóquenla
aquí mismo sobre la tierra.

The angels handed us the building—the two children and me. Some neighbors came to help. Gently, carefully, we lowered it onto the street. It felt solid and strong and good. I heard the parade slowly move away.

Los ángeles nos entregaron el edificio a los dos niños y a mí. Vinieron a ayudarnos algunos vecinos. Con mucha delicadeza, con mucho cuidado lo bajamos hasta la calle. Cuando lo tocamos nos pareció sólido y fuerte y bueno. Oí que el desfile se alejaba poco a poco.

This is where we live now—where we eat toast, brush our teeth, study for school—here, in this home we have made.

Es aquí donde vivimos ahora . . . donde comemos pan tostado, donde nos cepillamos los dientes, donde estudiamos para la escuela . . . aquí, en esta casa que hemos hecho.

This is where we sit and look out the window at the birds on the lamppost—they, warm in their feathers, and we, warm in our home.

Es aquí donde nos sentamos a mirar por la ventana. A mirar a los pájaros posados en el farol de la calle, ellos abrigados dentro de sus plumas, y nosotros abrigados dentro de nuestra casa.

ABOUT THE ART

The images in this book are taken from a community mural painted in New York City's South Bronx in the summer of 1991. A community mural is created by artists working side by side with members of a community. The result is a work of art that represents the ideas and concerns of the residents of the community.

The group we worked with was made up primarily of formerly homeless children who were living with their families in the building on which the mural is painted. With great energy and enthusiasm, children ages four through fifteen made hundreds of drawings over a six-week period. These ranged from monsters within monsters to trumpeting angels. The design for the mural evolved from these celebratory and surreal images; from conversations with the children about their hopes, their pasts, and their living situations; and from vignettes of life in the building. It became clear that the mood of the mural would be lively and positive—as the tenants of the building and the staff of the host organization, Aquinas Housing Corporation, had hoped.

The excitement of the young muralists was palpable by the time we were ready to begin painting. The idea that a large blank wall would be painted by and for them became very real when they saw their ideas, images, and portraits forming the mural's design. We all primed the wall, put up a grid, transferred the design, and started to paint.

A new kind of community came into being. Pride in creation was shared by all of the participants. Even parents and other members of the neighborhood, especially a group of local junior high school students, joined in. The residents of the building taught the newcomers what they had learned and explained what they had created. Eventually, more than fifty children participated.

Other wonderful things began to happen. One boy who was too shy to lift a brush early on blossomed with his newfound ability and became both a facile painter and more outgoing. Children learned to work as a group, to take turns, and to help one another. They not only created a work of lasting beauty but also shared the experience of collective creative action.

Community murals are a powerful public art form. In creating them, people who might not necessarily spend time together—even though they live next door to one another—find themselves working side by side. Together they bring color and form to a previously blank wall, transforming it into something alive and meaningful. The end product belongs to everyone who participated and serves as a reminder of the good things that can happen when people work together consistently over a period of time.

Anna Hammond
Joe Matunis

ACERCA DEL ARTE

Las imágenes de este libro están tomadas de un mural comunitario que fue pintado en el South Bronx, Ciudad de Nueva York, en el verano de 1991. Un mural comunitario es creado por artistas en íntima colaboración con miembros de una comunidad. El resultado es una obra de arte que representa las ideas y las inquietudes de esa comunidad.

El grupo con que trabajamos estaba integrado en su mayoría por niños que habían sido desamparados y que vivían ahora con sus familias en el edificio donde está pintado el mural. Con gran energía y entusiasmo estos niños de entre cuatro y quince años de edad hicieron cientos de dibujos en un período de seis semanas. A veces pintaban monstruos que contenían monstruos. Otras veces pintaban ángeles que tocaban trompetas. El diseño para el mural evolucionó a partir de estas imágenes surreales que sugerían una celebración; de conversaciones con los niños acerca de sus esperanzas, su pasado y sus condiciones de vida; y de estampas de la vida en el edificio. Se hizo evidente que el mural estaría lleno de vida y de afirmación, tal como lo habían esperado los inquilinos del edificio y el personal de Aquinas Housing Corporation, la organización con la cual se asoció este proyecto.

El entusiasmo de estos jóvenes muralistas era palpable cuando llegó el momento de empezar a pintar. La idea de que una gran pared en blanco sería pintada por ellos y para ellos se hizo realidad cuando vieron que sus pensamientos, sus imágenes, y sus propios retratos formaban el diseño del mural. Todos preparamos la pared, transferimos el diseño, y comenzamos a pintar.

Se formó un nuevo tipo de comunidad. Todos los participantes compartían el orgullo en la creación. Hasta los padres y otros miembros del vecindario, especialmente un grupo de alumnos de una escuela local, se nos unieron. Los residentes del edificio les enseñaban lo que habían aprendido a las personas que llegaban al proyecto. Les explicaban lo que habían creado. Llegaron a participar más de cincuenta niños.

Comenzaron a suceder otras cosas maravillosas. Un niño que al principio se había sentido demasiado tímido para levantar la brocha no sólo se convirtió en un pintor que trabajaba con facilidad sino que hasta fue perdiendo su timidez. Los niños aprendieron a trabajar en grupo, a esperar su turno, y a ayudarse unos a otros. No sólo crearon una obra de belleza duradera sino que compartieron una gran experiencia: la de la obra creadora colectiva.

Los murales comunitarios son una poderosa forma de arte público. Al trabajar en uno de ellos, personas que quizás no pasarían tiempo juntas, aun siendo vecinas, de pronto se encuentran lado a lado dando color y forma a lo que antes había sido una pared en blanco. Juntos la transforman en algo vivo y significativo. El producto final les pertenece a todos los que participaron y sirve de recordatorio de todo lo bueno que puede lograrse cuando las personas colaboran consistentemente por un período de tiempo.

Anna Hammond
Joe Matunis

The authors are grateful to have worked with such an energetic group of young people:
Los autores agradecen la oportunidad de haber trabajado con un grupo de jóvenes tan llenos de energía:

Julio Abreu, Cenni Aponte, Edwin Aponte, Jackie Aponte, Nancy Aponte, Eric Arroyo, Linda Astacio, Shree Baptiste, Jennifer Bosch, John Cabrera, Oliver Calcano, Rafael Calderon, Michelsa Calderon, José Calderon, David Capote, Belinda Cardona, Chunookie Coit, Deshon Coit, Vincent Coit, David Colon, Brian Domacase, Heather Domacase, Elisa Figuereo, Kelly Figuereo, Michelle Figuereo, Scotty Figuereo, Tarisha Figuereo, Jahi Freeman, Jahira Garcia, Maria Garcia, Santos Garcia, Sheila Garcia, Hector Graciani, Justin Greenberg, Isaac Hammond-Paul, Dawn Jenkins-Lopez, Albert Medina, Beatriz Melendez, Mariely Melendez, Pedro Melendez, Vanelis Melendez, Olga Mendez, Kenneth Miller, Aida Natal, Celeste Nova, Yesenia Nova, Jessica Ortiz, Elizabeth Peña, Jehovich Perez, Jorvich Perez, Monica Ramos, Paul Ramos, Maurice Richardson, Manny Rodriguez, José Rosada, Alfred Serrano, Shatima Smallwood, William Smallwood, Madeleine Sosa, Emilio Torres, Evelyn Torres, Joshua Torres, Mark Torres, Carlos Valasquez, José Villar

The authors also extend special thanks to the staff of Aquinas Housing Corporation, especially Charlotte Rossi, executive director; Meaghan Shannon, assistant director; and Rafael Aledo, social service provider.

The mural in this book was one of ten projects under the "Habitats for Homeless Youth" project sponsored by the Office of the Deputy Mayor for Public Safety with help from the New York City Department of Housing Preservation and Development and administered through CityArts Workshop, Inc.

PHOTO BY CYNTHIA CARRIS